詩集

ビザンチュームへの旅

新倉俊一

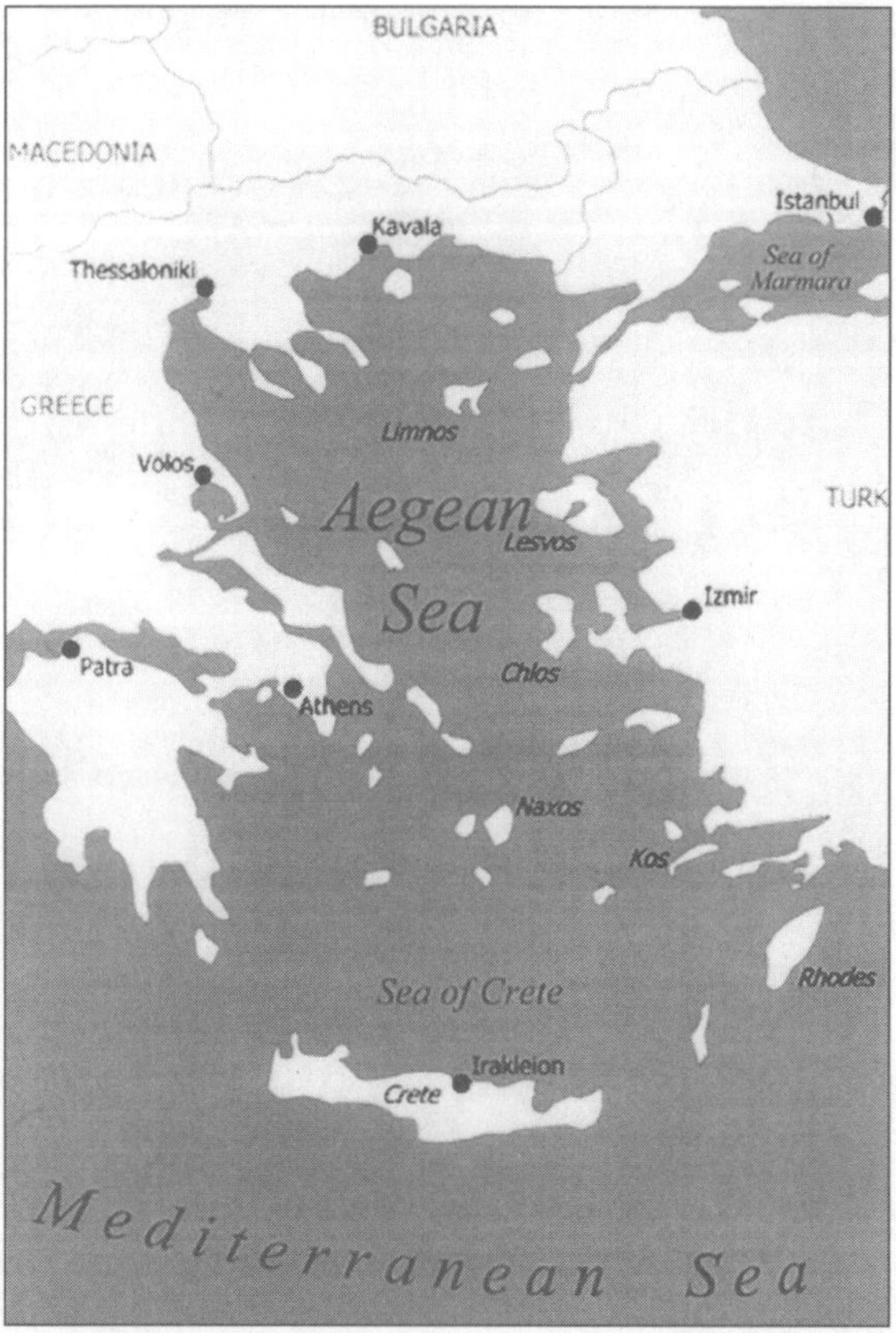

詩集　ビザンチュームへの旅／目次

《詩》

《散文》

新倉俊一　詩集　ビザンチュームへの旅

ビザンチュームへの旅

終わったときから始まる
秘められた夢の旅

たとえば船室のような部屋に
飾られた一枚の海図

それが揺らめいて
光に映える水面となるとき

笑いさざめくエーゲ海の
まぶしい朝の中にいる

まだだれもいない甲板で
「Don't　worry
You'll　be　happy」
と高らかにスピーカーが繰り返す
眠りを誘うそよ風の中で
「ディオニソスは夢みつつ航海する」
という『アムバルワリア』の一行を
どうしても思い出せない
私自身のエーゲ海の旅は
まだ始まったばかりだ

壁の上の海図が
二日目の朝を迎えても

「天にも海にも」イルカの姿はなく
ただ漣が銀砂のように眩しい

水平線が日没の灼紅に包まれると
海図はまた元の闇に戻る

三日目ようやく多島海の島影がみえる
キオス、サモス、ああ　レスボス

対岸にはギリシャの植民地として
栄えたイズミール、その奥には

「大いなる女神アルテミス」
を称えたエペソの遺跡

夜ついにマルモラ海峡を渡って
朝靄に包まれたイスタンブールへ

壁の海図は一変して
モスクの立ち並ぶ都市となる

だが私の目指すものは
ハギア・ソフィアの大伽藍

東のローマとしてこの都に
建てられた比類のない聖堂だ

人ばかりか馬車も通れる
幅広い石段を上がっていくと

壁の随所に黄金のモザイクの
聖者がいまなお威厳を保っている

ビザンチュームへ船出して
イエイツが拝んだのはそれだ

信仰の対象でなく芸術の証として
だがコンスタンティヌス帝が

西のローマとは別に東に
都を置いたのは信仰上の

理由もあった　ローマ教会内の
偶像崇拝に反発したからで

ハギア・ソフィアの内部には
三位一体の聖母子像のみだ

さらにビザンツの輝きは
海を渡ってアドリア海に面した

イタリア北部の町ラヴェンナに
建てられたサン・ヴィターレ

六世紀にユスティニアヌスが
コンスタンティノープルの助祭に

命じて建てさせたのがそれだ
美しい会堂の天井に掲げられた

若いキリスト像に向かって
聖杯を捧げるユスティニアヌス帝と

相並ぶ皇妃テオドラの裳にもまた
東方の三博士が描かれている

サン・ヴィターレを出て
明日はまた新しい旅へ

そとでは相変わらず波が映え
街はまだ喧騒に満ちているが

冬の旅　抄

冬の旅

秋の通過とともに三人の巡礼者が
それぞれ手に黄金と乳香と没薬を
携えてきたが御子の生誕ではなく
ピエタの聖母を仰ぎに来たのだ
ミケランジェロが晩年に描いた
力ないキリストを膝に抱えて悲嘆に
暮れている姿を眺めて感涙した
捕鯨漁の浜辺にはどこもかならず
船を抱えた聖母の像が立っている
この鄙びた浜辺には見あたらないが
帰りがけに三人はたそがれの沖合に
幽かに映える碧い裳裾を見た

青山

またアミアンの大聖堂の
若者と老人の頭が懐かしい
季節がきた旧年はずっと
仁和寺の連想に憑かれてきたが
もういちど余波が巡ってきた
西海で滅びた平家の貴公子
経正を弔おうとはるばる
仁和寺から訪れた旅僧が
琵琶の名器「青山」を奏でると
しずかに姿を現してその
しらべにじっと耳を傾けて
なんの修羅場も演じず消えた

冬の海辺

崩れかけた海辺の館で
ひとり最後の晩餐をとった
ここではいつも海の微風が
穏やかな微笑を運んできた
三年間パルファムの海辺で
神話と空想に耽った
あのブレイクには及ばないが
「賤しき埋もれ木なれども
心の花のまだあれば――」
薄い詩集をここで纏めた
帰りがけに振りかえると既に
夢の城は闇に溶けかけていた

朝靄

朝靄に包まれた海辺で
主の声がする「女よ
まだわれに触れるな」
驚きと悦びで海辺の道を
マリアはひたすら駆け続けた
絶望と悲嘆にくれた男たち
のもとへ　と二千年も経た今も
なお走り続けている
時代は深い霧に包まれて
救いの光はどこにもない
絶えることのない難民が
あてどなく岸辺を指してゆく

運慶

まだ春は浅いが今年も
近くの古寺へ運慶の
釈迦三尊を拝みに
出かけたこれは鎌倉時代に
和田義盛が地元の寺に
奉納したものといわれる
明日は知れない身の故か
武士の世になってから
野山に屍が累々と
並ぶようになったと
出家した西行は嘆いている

薄　茶

毎日出かけられないので
茶道具を提げて薄茶を
たてに人が来てくれた
薄茶を飲んだあと近くの
海辺に二万五千年も前に
海底から隆起した立石まで歩いた
その岩場の辺りに鷗が
自由に飛び回っている
イタリアのある哲学者が
移動の自由を唱えたそうだが
ここではなんの波乱もなく
静かな波音しかしない

立木

ペスト禍から逃れて
「デカメロン」を書いた
ボッカチオに及ばず
連日のように町に近い
鎮守の森に出かけて
さびしいベンチから
風にそよぐ小高い梢を仰ぐ
戦後に幻想の都市を
夢見た田村さんが晩年に
「わたしは木が好きだ　木は
正義とか愛とかわめいたり
しないからだ」と歌っている

ボッティチェリ

潮の流れに任せて終日海を渡り
いつしか南海の島々を巡っていた
近頃はやりのクルーズ船は
遣唐使たちが乗った小舟とは
比べものにならない
飽食と怠惰の日々を送り
食堂の入口に掲げられた
ボッティチェリの肖像の前で船客たちと
苦笑いして記念写真を撮った
この船客ほど彼に遠いひとはいない
外観は華やかなクルーズ船だが
昔なら「愚者の船」と呼ばれただろう

手紙

クルーズの途中で高知に降り
群れと離れて文学館に迷い込み
だれもいない部屋に吊るされた
「一葉が住みし町なり夕時雨」
という馬場胡蝶の句に出会った
この高知出身の文人となぜか
一葉は打ち解けて互いに
まるで恋人同士のような手紙を
交わしている「手紙は肉体を欠いた
魂そのもの」だとあるアメリカの
詩人が言ったが二人の交流は
一葉の死後までも続いた

風　景

ゴッホのような風景の中を
親しい詩人の仲間たちが
ある日シャンペーンを提げて
詩集の祝いに来てくれた
「荒地」の詩人も言ったように
「ウィスキーを水で割るように言葉を
意味で割るわけにいかない」から
ただ黙々と酒を酌み交わして
帰って行ったその後に教え子たちが
カモメの春便りを携えてきて
「三本の燭火のような黄色い薔薇」
がいいわねと頷きあった

達人

爽やかな秋の受賞式の日
同郷の出身者ということで
樹木希林が遅れて駆けつけ
先着の私に慎ましく声をかけた
そして会場で挨拶の番がくると
巧みに聴衆を笑わせたあと
その足でロケの場所へ急いだ
後日観た映画「日日是好日」で
若い女優の黒木華たちを相手に
茶道の先生の役割を好演していた
役柄の茶道の達人ばかりでなく
実に人生の達人だった

めぐりあい

いかなる運命の星の下で
ひとはめぐりあうのか
私がアメリカから帰ってディキンスンの
訳詩を見てもらった刈田先生が
卒論にアメリカの小説を訳した
須賀敦子さんの指導者だったことを
あとで知ったそればかりか
夫の死後にイタリアから戻り
ある外語の嘱託をされていた頃
「原語でダンテを読みたいから」と
講座の申込みに行った私を
弟子のイタリア人のクラスに入れてくれた

桔梗

「夏の路は終わった」
と呟いた詩人のあとを
追って秋も過ぎ唯一人
冬の旅を続けている
もう学問も研究も忘れて
ただ白露の下に眠る
宿根の蒼白な桔梗を
ひそかに探しているだけだ
古今集に詠まれている
中国から渡来したという
あの桔梗の花には遥かな
淡い色彩が宿っている

紅　葉

今まで大山詣でを怠ってきたので
関東管領より命令が来て
台風の過ぎた日に山腹へ登った
平安時代から続く阿夫利神社は
四方を険しい山に囲まれていて
ながながと神事が続き漸く
能が始まるころには垂れこめた
雨雲からしとしと滴り始めた
それでも能楽堂の中で無事に
鮮やかな緋色を纏った女たちの
紅葉狩りの宴が催されて
最後は全山が明るく彩られた

予感

明月記のような日記が
書けない　優雅な歌会や
能楽も消えて毎日数えるのは
伝染病の感染者と死者の数
ばかりだ今や世界中で
死者の数は三百万を超えて
棺を埋葬する土地もない
昨年贈った詩集の礼状に
「最近の世界はどこか
終末の予感がします」と
ある女性の詩人が述べて
いたが鋭い嗅覚を覚える

哀　堂

どこもボヘミアン・ラプソディーだ
もう古い物語に帰るしかない
囚われて鎌倉に護送された
失意の平重衡を慰めるために
琵琶と琴を携えてきた
白拍子の唄に絆されたが
夜が明ければ別れ別れに
一人は刑場に他は尼寺へ
重衡の処刑を知り千手は
悲嘆のあまり気を失った
処刑まで重衡が過ごした寺を
ひとびとは「哀堂」と呼んだ

別れの曲

音楽家たちの集まりの中に
懐かしい先生を見かけた
昔と変わらずサン・ピエトロの
キリストを抱えるマリアのように
ギターを膝に置く
美しいひとだった
卒業のためにレッスンを
辞めたとき「別れの曲」を
手書きして贈ってくれた
会場を去ってからいま挨拶を
交わさないと永久に会えない
と不意に思い直した

哲人たち

大きな「アテナイの学堂」
の前に終日席を占めた
並んで歩いている二人の
哲人たちが一方は天を指し
他方は地を指して語りあう
深い言葉に耳を傾けた
プラトン神学は文芸復興を
高めてアリストテレスは
学問の基礎を固めた
ここは複製の壁画だが
原画は色褪せるがやがて
感動が一段と鮮やかに蘇る

アヤメ

感染者の数が増し続け
あの半藤さんのような優しい
別れの言葉はわたしには
とても真似できないから
せめてマサチューセッツ州で
庭の花を摘むひとに倣って
長年連れ添ってきた妻の
誕生日に野生のアヤメを贈った
ひとは永遠に生きられないけど
愛と祈りさえあれば
あのアヤメのように
清らかに生き続けるだろう

水　仙

心の置きどころがなく
昨日は馬場あき子と行く
歌枕の旅に出かけたが　今朝
近江の友から春の訪れが届いた
封筒に閉じ込められていた
鳥の声は開けると忽ち消え去った
でも春の気配だけは感じられた
近くの公園に去年の水仙を
探しに行ったら灌木の茂みに
ひっそりと咲いていた　もう直ぐ
たそがれどきが迫ってくる
さあ膝まずいて共に祈ろう

ボン　ナターレ

昨年は関内のレストランで
外国の詩集の翻訳者たちと
テーブルを囲んで乾杯した
店の名が「ボン　ナターレ」で
気に入ったが今年は
ソーシャル　ディスタンス
とやらで会食できない
仕方なく独り聖母子像の前で
自宅で祝うしかない
名高い「ハギア・ソフィア」も
今はモスクとなって
拝観はできないそうだ

嘆く女たち

「受胎告知に行くガブリエル春の服」
という俳句が届き冬の旅も終りに近い
サン・マルコ修道院の階段の上で
初めてあの絵とめぐりあったが
あれからイタリアはコロナウイルスの
猛威にさらされ埋葬の墓地も足らず
教会堂の床に死体が並べられた
ボローニアの裏通りの教会で見た
十字架から降ろされた主の屍の
周りで嘆くマリアたちの彫刻を
思い出したがあまりに悲惨なので
一時取り除かれていたという

ヘレニカ

ニケ

鷗は風に翼を任せて
自由に空を翔けていく
もし風が私の運命なら
風の力が駆るままに
水半球を自在に私も
駆け巡るだろう
私は風の器または竪琴
たとえば天界に昇る
ベアトリーチェのように
体と離れた霊を知らない

風が好むところに吹く
ように私の霊もまた
気ままに私の体を駆って
四海を支配する
自然はいつも豊かな
神の祭壇であり私は
その自由な巫女だ
私には過去と未来はない
つねに生気に満ちた
現在があるだけだ
今日も風は私を駆って
新たな海と立ち向かう

トリトン

知らない時代の人々が
忙しなく行き交う
ローマの広場で独り
途方に暮れたように
大きなほら貝をもたげて
深い古代の哀愁を
辺りに漂わせている
その侘しい噴水の音に

眠れないで旅人たちは
泣き言のつぶやきを
夜の日記に書きこむ
超人のニーチェさえも
哀れな仲間の一人だ
トリトンはますます
広場の孤独を募らせて
朝の光りに濡れるまで
太古の潮を呑みつづける

オーロラ

やがて華やかな秋が去って
厳しい冬がやってくる
ミケランジェロの四季も
ヴィヴァルディの組曲に
劣らず厳しいものだった
彼は晩年メディチ家のために
納骨堂を飾る大理石の像を
二十年掛りで作らせられた
ひとつは「夜明け」と「黄昏」
もうひとつは「昼」と「夜」だ
豊満な若い娘の裸体と
物思いに耽る老人の像の間で
いったい死者にどんな夢が

見られるだろうか
いや死者は何も夢見ない
幻視は芸術家だけの特権だ
薔薇色の夜明けのまえに
しばしまどろむ娘と
黄昏が降りるまえに
過ぎた一日を省みる賢者
またその構図の逆
それはみごとに均整のとれた
天界の運動の擬人化だ
ギリシャ人ならそれを愛《アモール》と
呼ぶだろう中世を経た彼は
神の愛《カリタス》と呼ぶだろう
空と海の間にある存在は
すべて神の原動力の賜物だから

ディオニソス

「失われた世代」を描いた
ヘミングウェイの小説には
「日は昇り　日は入り　また
その出し処に喘ぎゆくなり」
という題名の由来が
冒頭に引用されている
「空の空なるかな」に続く
このヘブライ人の箴言ほど
大戦後のニヒリズムの流行に
ふさわしい序詞はないだろう
ミケランジェロもまた
メディチ一族のジュリアーノ
（ヌムール公）の鎮魂のために

「昼」と「夜」を刻んだが
彼の十六世紀の彫像には
ニヒリズムの影は微塵もない
夜を擬人化した女性像は
昼のわざに満ち足りて
深い眠りに落ち込んでいる
足もとの動物たちもやはり
自然の摂理に従っているだけだ
「みな空しくして風を追う
ごとし」といった虚無感は
どこにも見あたらない
ニヒリズムはニーチェによれば
ディオニソス的な生の意思の
神々の黄昏にすぎない

アポロ

「ギリシャの壺によせて」で
キイツが讃えている
男女たちの求愛の姿は
追いつ追われる人たちの
不滅の喜びに映るが
それはただ瞬間の
官能の戯れにすぎない
ミケランジェロに次ぐ
彫刻家ベルニーニが
純白の大理石に刻んだ
アポロとダフネ像は

甘い官能を超えて
不安と緊張に包まれた
若い恋人たちの心理を
正確に写している
詩はあいまいな感情
でなく正確な思考だ
やがて成長したアポロは
木と化したダフネの
月桂樹を頭に飾って
詩歌の春をいつまでも
護りつづけるだろう
抒情詩の権威に挑む
河神の生皮を剥ぐまで

ペルセポネ

ポンペイの遺跡で出土した
フローラが歌いながら
か細い指先で花を摘んでいく
春の野原の風景はまさに
ペルセポネの永遠の姿だ
ミルトンやダンテもそれぞれ
その美しい地上楽園の描写を
意識してなぞっている
シャルル・ドゥ・ラフォッセの
「ペルセポネの凌辱」には
ふいに地下から現れた馬車の

上で冥府の王の腕から
身もだえして逃れようとする
生々しい光景が見られる
まるで蛮族に次々と婦女子が
奪われたあの名高い「ローマの
掠奪」を偲ばせる図だ
古代ギリシャ人の英知は
悲惨な現実の歴史から
アレゴリーへと転換させた
ところにあるだろう
オーデンは「事実によって
滅びないために芸術が
ある」と喝破している

詩人の曼荼羅

I　安藤一郎宅の「三日会」

詩へのあてどない私の遠い旅は、氷川丸から始まった。今でこそ横浜の岸壁に、化石のように繋がれているが、当時はまだ現役の渡航船だった。一九五七年にフルブライト留学生としてアメリカに渡り、あちこちの大学で詩人たちの朗読や詩の講義を聴いた。なかでも印象が深かったのは、一九二〇年代にエリオットの詩に心酔した詩人が「荒地」の見事な朗読を聞かせてくれたことだった。一瞬、われわれはまだ「エリオットの時代にいるのだ」と確認した。

二年間の留学を終えて、私は手始めにささやかなエミリー・ディキンスンの訳詩集を纏めて、英米詩紹介の大先達の安藤一郎宅を高輪に訪問した。折良くご在宅されて、玄関で「毎月第三日曜日に詩人たちが集って研究会をしているから、あなたもいらっしゃい」と親切に誘ってくださった。

当日、出かけてみると、暖房用のペチカを背にした和服姿の先生を囲んで、中桐雅夫や、諏訪優、藤富保男、松田幸雄、鍵谷幸信、関口篤、徳永暢三、高島誠などがいた。毎回、現代の英米詩人のテクストを選び、一回目から六回目まではディラン・トマスを続け、その後はウォーレス・スティーヴンズ、ハート・クレイン、アレン・ギンズバーグ、オーデン、それにイエイツやエリオット、エズラ・パウンドなどをつぎつぎと取り上げた。

時折、ぶらりと西脇順三郎も立ち寄られて、わたしたちの放談に静かに耳を傾け、興に乗られたときは、ウィリアムズの似顔のカットなどを、わたしたちの特集号のために快く描いてくださった。西脇さんと安藤さんの二人は戦後数年間、北園克衛や村野四郎とともに詩誌「GALA」(一九五一―五五)の同人で、しばしば西脇さんが大学の帰りがけに安藤家に寄られて、部屋の柱に依りかかったまま詩の校正をされたという。

安藤先生が大学紛争の疲れもあって、六十五歳で一九七二年十一月に急逝され、わたしたちの「三日会」も同人誌「青」は十三冊をもって、終わりとなった。この若い詩人たちの研究会が十年間も続いたのは、もとより安藤先生の詩への情熱によるものであるが、それと同時に、毎回集まってくる若者たちのために、朝から鶏を焼いて準備してくださったと志夫人のお心くばりも忘れることはできない。

終刊号は当然「追悼号」となった。病床に残されたノートのなかに、十篇の詩稿と「ジョイスの塔」という紀行文が残されていた。後年、私も同じマーテルロを訪れる機会があって、先生の足跡を懐かしく偲んだ。

安藤先生は、最初にお会いしたとき、「英米詩だけでなく、日本の現代詩も読まなくてはだめですよ」と言われた。先生の晩年の詩集の中に、「ホレーシオへの別辞」というこんな詩行がある。

だが　ぼくの計画は破れて
思つたより早く　大詰が来てしまつた
・・・
こうして
はかない青春が向う　虚空の一角が崩れて
ハムレットが　古典になつて残るとは

三日会の元メンバーは、ホレーシオのようにそれぞれ、現代英米詩の遺言執行人の役目を果たしていった。中桐雅夫は『オーデン詩集』を、松田幸雄はトマスの『全詩集』を、鍵谷幸信は『ウィリアムズ詩集』などを、そのほか諏訪優と高島誠はギンズバーグの詩集を、藤富保男は『カミングズ詩集』を、徳永暢三は『ロバート・ローウェル』を、それぞれ世に問うている。

途中からわれわれの会に加わった仲間に、抒情詩人の川口敏男や富岡多恵子がいた。彼女はまだ小説家に転じる前で、当時はもっぱらガルトルード・スタイン風の短い詩を書いていた。すべては遠い邯鄲の夢にすぎない。

II　西脇ゼミから「引喩集成」まで

一九五七年一月に佐藤春夫から西脇順三郎へ電話が掛かって、詩集『第三の神話』の読売文学賞授賞を伝えた。選考委員の一人として、彼は「みづみづしい官覚で捉へた自然、飛躍する空想の奔流のなかに身を任せた知的詩情は、人々を完全に日常生活から拉し去つて全く見も知らない世界に読者を誘つて行く」（読売新聞）と評した。東西文学の遠いものを連結する典拠の詩法は、従来の感情移入だけでは意味を捕らえ難い。前回ふれた英米詩に詳しい「三日会」の詩人たちのあいだでも、「西脇の典拠の詩学は、今のうちに訊いて置かないと、将来わからなくなる」という声が強まった。

そこで一九六六年五月に、主だった詩人や俳人たちに呼びかけて、西脇先生の自作解説の会（通称「西脇ゼミ」）を月一回催すことになった。参加者の主なメンバーは、安西均、中桐雅夫、那珂太郎、松田幸雄、藤富保男、諏訪優、関口篤、福田陸太郎、楠本憲吉、加藤郁乎、鍵谷幸信と私だった。詩人の自作解説という例はあまり聞いたことがない。私生活的なリアリズムや単なる技巧派の場合には、解説の必要がないからだろう。だが海外のモダニストの巨匠には典拠の詩法が盛んで、その研究書も多い。

西脇先生を囲む会では、初期の詩集『Ambarvalia』から始めて、戦後の『旅人かへらず』『近代の寓話』『第三の神話』をへて、『失われた時』までの主な作品を取り上げた。先生の博識ばかりでなく、巧みな座興に魅せられて、七年間も続いた。だが、最初の『西脇順三郎全集』(筑摩書房)の刊行も終え、詩人たちもそれぞれ忙しくなったので、「西脇ゼミ」も解散する運びとなった。

それ以後は、私一人で毎週水曜日に西脇宅に訪問を続けた。まず私が調べていった引喩の出典を、先生と検討して数時間過ごした。終わってから夕食によばれて、その日の成果に祝杯をあげた。

ある日、いつものように引喩を調べていた時、筑摩書房の倒産の電話が掛かってきた。西脇先生はがっかりされて、「もうこんなことをしてもしようがない」と投げやりな言葉を吐かれた。確かに詩の引喩の本など、出してくれそうな奇特な出版社はどこにもない。だが、そうは思いつつも気を取り直されて、次週からまた一緒に同じ仕事を続けた。やがて筑摩書房も再建し、われわれの希望も息を吹き返した。

こうして、ついに七年間掛かって『西脇順三郎全詩引喩集成』が完成した。先生はその数ヶ月前に亡くなられた。再建後の多忙な時期に、こんな辞書の面倒な編集に手をだす編集者はいなかったが、やっと西脇詩愛好者の橋本靖雄さんが買って出られた。刊行されて見ると、詩人たちはあまり関心を寄せなかったが、英文学者の由良君美氏が書評で取り上げてくれた。「すべて詩とは博大な連想に立つ言語芸術作品であって、コトバをさらにコトバするのが詩芸術であり、従前の秀詩を何らかの意味で〈踏まえ〉〈換骨奪胎〉することで成立してきたことは、中国詩・日本詩・西欧詩を貫く伝統的共通項でもあった。(中略)このような、作者自身が裏書きした〈引喩〉〈出典〉研究となると、おそらく世界でもこれが初めて、空前のものであろう。晩年の西脇にこれだけ忍耐強く接し、博捜し、問いつめ、記録してきた新倉氏の努力に、わたしは脱帽する」(「国文学」学燈社一九八三年二月号)。

　具体的な例をひとつあげておこう。西脇先生の晩年の詩集に『鹿門』という表題がある。そのタイトル・ポエムの「ロクモン」の結びに、「ロクモンらしい／野梅をかぎにきたのか！」という詩行がある。詩集初出のときに、原稿の字を読み違えて、「野梅」が「野桜」となっていた。だが、この詩は通称「鹿門先生」と呼ばれていた唐彦謙《とうげんけん》の詩「韋曲」が典拠である。つまり、「愁腸を写さんと欲して不才を愧《は》ず……独り寒村に倚《よ》りて野梅を嗅ぐ」という詩行のもじりで、「野桜」ではただの平凡な風流になってしまう。

Ⅲ　パウンドをめぐる人たち

晩年に俳人の角川源義はエズラ・パウンドに傾倒して、機会あるごとに称賛した。たとえば「パウンドのやうな名指揮者が出て来て、西洋にもニッポン製ハイカイは開花し、現代詩のあるべき姿として評価」されたと述べている（「豆名月―エズラ・パウンドとの出逢ひ―」〈「俳句」一九七五・一〉）。そして、亡くなる前に、エリオットの『荒地』の名訳者である西脇順三郎をたずねて、パウンドの翻訳を依頼した。

その結果、西脇先生はご自分の代わりに、「このひとがパウンドをよく研究しているから」と私を推薦された。ちょうど、江森國友の詩誌「南方」に、一九七四年九月以来、パウンドの長篇詩『ピサ詩篇』を私が訳して連載中だった。そこで、「ピサ詩篇」を含む「キャントーズ」全体の構成に初期の詩篇や詩論を加えて、これまでにないパウンド・オムニバスを企画した。

その間にも滞日中の詩人ケネス・レクスロスとの「現代詩と俳句」の対談の席で、私の中間報告に耳をかたむけられていたが、翻訳の原稿が完成した日に惜しくも角川さんは他界された。

そして翌年一九七六年九月に、西脇先生のみごとな装丁と、先生がわざわざ描かれたパウンドの肖像画を添えて、『エズラ・パウンド詩集』が角川書店から刊行された。『荒地』の詩人に次ぐこの現代詩人の全貌の紹介は、一部の詩人たちの強い関心をひいたが、中でも飯島耕一のケースは興味ぶかい。かれは戦後に「荒地」派の影響で出発した詩人だが、エリオットとパウンドの関係に興味をもった。正統派のエリオットは、パウンドの『ピサ詩篇』のみごとな詩法を認めながらも、彼の思想をめぐって「パウンドは一体、何を信じているのか」と批評した。これにたいして「私は孔子を信じている」と、パウンドは反論している。多元主義的な現代世界にあって、彼の人間本位の姿勢はきっと多くの共感を呼ぶだろう。ビート派のアレン・ギンズバーグもその一人である。第一詩集『他人の空』以来ずっと、現代世界の不毛性を憂いてきた飯島耕一が、パウンドの思考に惹かれたのは決して偶然ではない。

角川版の二十八年後に出た私の『ピサ詩篇』（みすず書房、二〇〇四年）を読んで、「これは大したものですね」とすぐに返事をくれた。やがて「現代詩手帖」に連載が始まって、その反応がスタイルやテーマに現れてきた。そして完成した詩集『アメリカ』の後書きには、こう付記されている。「連載が終った頃に刊行された新倉訳、エズラ・パウンドの『ピサ詩篇』の刺激もあり、今度は一年も二年も間を置かず、また詩を書こうと思っている」。だが、病を得て無念なことにその意図はついに果されずに終った。しかし代表作の長篇詩「アメリカ」には、十分新しい可能性が含まれている。

みすず書房の編集者辻井さんと、『ピサ詩篇』の翻訳は『荒地』の場合に劣らず、戦後詩の大事件になるだろうと、密かに期待していたが、その期待が挫折してしまった。だが、まだ今後どのような詩人が出て、『ピサ詩篇』のスタイルを継承していくか、予測はできない。

飯島耕一を最初に私に紹介したのは、田村隆一だった。深夜に酔った田村隆一は自分の好きな若者たちを引き合わせようとしたのだろうが、互いにすぐ意気投合するにはシャイだった。だが、田村さんが亡くなる頃までにはすっかり親しくなり、二人で没後に全詩集の編集に協力したり、また追悼会も一緒に催した。田村さんが亡くなったとき、私は「荒地の終わりとパウンドの始まり」という短い追悼記事を「読売新聞」に書いたが、飯島耕一は私にとって、新しいパウンドの始まりであった。田村隆一の七回忌に献じられた追悼詩で、飯島耕一はつぎのように歌っている。

濃い野イチゴの
シャーベットを崩して行く八月
まだ日本にも　詩はあるよ　田村さん
『ピサ詩篇』の新倉訳もね

Ⅳ　フェト・シャンペエトル

秋分の頃に必要があって、『馥郁タル火夫ヨ　生誕一〇〇年西脇順三郎その詩と絵画』展の写真資料を探しに、葉山の近代美術館へ出掛けた。だが美しいチラシと展覧会記録しか残っていなかった。あの開催初日に集まった親しい関係者たちの、祝祭のような面影はもはや記憶のなかにしか残っていない。中村真一郎、那珂太郎、飯田善國、池田満寿夫、飯島耕一らも、みな他界してしまい、中でもはしゃいでいた田村隆一の姿が懐しい。

彼は戦後すぐに郷里に疎開中の西脇順三郎に原稿を依頼して、「フェト・シャンペエトル」というすぐれた詩を詩誌「荒地」（昭和二十二年十一月）に掲載した。これは「野の祭り」という意味で、戦後の西脇詩の新しい傾向を予兆するものだった。田村隆一が一九六七年にアイオワ州立大学のインターナショナル・ライティング・プログラムに招聘されて出かけたとき、新宿の樽平で詩人たちによる送別会が催された。その席上で、西脇順三郎が隣席の田村隆一に向かって「あなたは私の詩を一番よく理解しているひとだから、大事にしてください」と話されているのを私は聞いた。とにかく「荒地」の仲間ではほかの誰よりも西脇詩に傾倒していたのは事実だろう。

西脇先生の没後に三田の慶應で催された「生誕百年祭」の講演会で、田村さんは「野原について」と題して講演した。前年、先生の郷里小千谷でも同じ題で話されている。彼の意識にある戦後の西脇順三郎のイメージは「野の祭り」の延長なのだ。詩集『旅人かへらず』を執筆当時、西脇順三郎自身も「ひとはみな自然を通って永遠に帰るのだ」と述懐されている。

郷里での講演のあと田村夫妻と同行して、山本山の山頂に建つ西脇先生の巨大な詩碑を見にいった。その一面には『旅人かへらず』の詩行が書かれ、そして裏面には「この美しき野に／しばし遊ぶは／永遠にめぐる／地上に残る／偉大な歴史」という先生の晩年の言葉が刻まれている。その前に立って田村さんは満足そうに微笑んだ。

この挿話とは別に、もうひとつ元「西脇セミナー」の仲間たちの間でも、没後この懐かしい詩人を偲ぶ集まりがあった。飯田善國や飯島耕一なども加わって渋谷のあたりでよく語り合った。その集まりを「フェト・シャンペエトル」と命名しようと提案したのは、飯島耕一だった。誰の心にも、西脇詩人を偲ぶにふさわしいと思えた。田園の会話はいつも風のように吹き抜けていく。そしてまた語り合うひと自身もつぎつぎと消えていった。年長の飯田さんに続いて、飯島やほかの詩人たちもつぎつぎと去った。そして昨年の九月には、長年「西脇順三郎を語る会」を私と一緒に続けてきた最後の友人藤富保男も他界して、ついに私独りになった。野原に遺されたこれらのなつかしい牧人たちの石碑を時折覗いては、「われもまたアルカディアにありき」という碑銘を想起している。

飯島耕一が亡くなった翌年の二〇一四年、神奈川近代文学館で彼と親しかった詩人たちと彼を偲ぶ講演会を催した。故人の人柄を語る回顧談も興味深いが、私は長篇詩集『アメリカ』の魅力のひとつとしてバラッドの要素に触れた。飯島は戦後派の詩人のなかでは歌う要素がつよい。以前にも『ウイリアム・ブレイクを憶い出す詩』のようにバラッド風の詩集があるが、今回の長篇詩集のなかにも、巧みにバラッド調を使って重い思考と軽やかな歌とをまぜてバランスをとっている。

「ヘミングウェイの／自殺について／これまで　何度／考え込んだ　ことだろう／その死は一九六一年――／アメリカは沈んだ／そのころから／（中略）／ヘミングウェイの死は／個人的な死　だったにちがいないが／アメリカは沈みぬ／あのころから」

フランス滞在中に西脇の訃報に接したとき、飯島は「日本の戦後詩の実に大きな部分がかけ落ちたと思った」と言った。かれは晩年に西脇詩に共感しながらも、完全には田園調の牧歌に同化しなかった。彼には戦後詩の命題があったからだ。

あとがきに代えて

岩礁

草野早苗

冬は去る時を決めかねて振り返り
春はコートを着たまま立ちつくし
大気が薄く渦をまく午後に
中折れ帽の長身の人の散歩について行く
太平洋の水平線にある紫色の島が
今日はその存在を示さない

昔話は止めよう
未来の話もしたくない
それよりも話してください
岬が作った入江に立つ
小さな岩礁のいわれについて

古代の岩の年齢と
今日の光と木々と人の影について

岩礁から海鳥が数羽
見えない島に向かって飛んで行く
中折れ帽の長身の人はベンチに座る
いつもそうしていると分かる仕草で

ほのほのと揺れる大気の中で
午後の一瞬が光に祝福された

夜　スマホを見ると
写した記憶のない海と岩礁と海鳥と
中折れ帽の長身の人の横顔のシルエットが
定まらない季節の大気のなかで
ほのほのと揺れていた

初出一覧

「ビザンチュームへの旅」（みらいらん　7号）2021年
「詩人の曼荼羅」（神奈川近代文学館館報）2017年4月〜2018年1月
「冬の旅」（抄）
冬の旅（現代詩手帖　2019年1月号）
青山（　〃　〃　）
冬の海辺（　〃　2020年1月号）
朝靄（　〃　〃　）
立木（現代詩手帖　2021年7月号）
水仙（　〃　〃　）
嘆く女たち（　〃　〃　）
「ヘレニカ」（トリトン社　2015年3月）

新倉俊一（にいくら　としかず）

詩集
「ヴィットリア・コロンナのための素描」（トリトン社、２０１５年８月）
「王朝その他の詩篇」（トリトン社、２０１６年１月）
「転生」（トリトン社、２０１６年６月）
「ウナ ジョルナータ」（思潮社、２０１８年12月）

訳詩集
「エズラ・パウンド詩集」（角川書店、１９７６年９月）
「ディキンスン詩集」編訳（思潮社、１９９３年６月）
エズラ・パウンド詩集「ピサ詩篇」（みすず書房、２００４年７月）

評論集
「エミリー・ディキンスン　不在の肖像」（大修館書店、１９８９年２月）
「詩人たちの世紀─西脇順三郎とエズラ・パウンド」（みすず書房、２００３年６月）
　第19回ヨゼフ・ロゲンドルフ賞
「評伝　西脇順三郎」（慶應義塾大学出版会、２００４年11月）
　第18回和辻哲郎文化賞、および第６回山本健吉文学賞

詩集
ビザンチュームへの旅

著者………新倉俊一
発行日……2021 年 7 月 25 日
発行者……池田康
発行………洪水企画
〒 254-0914 神奈川県平塚市高村 203-12-402
TEL&FAX 0463-79-8158
http://www.kozui.net/
印刷………モリモト印刷株式会社
ISBN978-4-909385-30-7